MARIA JULIA MALTESE

BEATRIZ
BEATRIZ NASCIMENTO

1ª edição – Campinas, 2022

"É tempo de falarmos sobre nós mesmos."
(Beatriz Nascimento)

MOSTARDA EDITORA

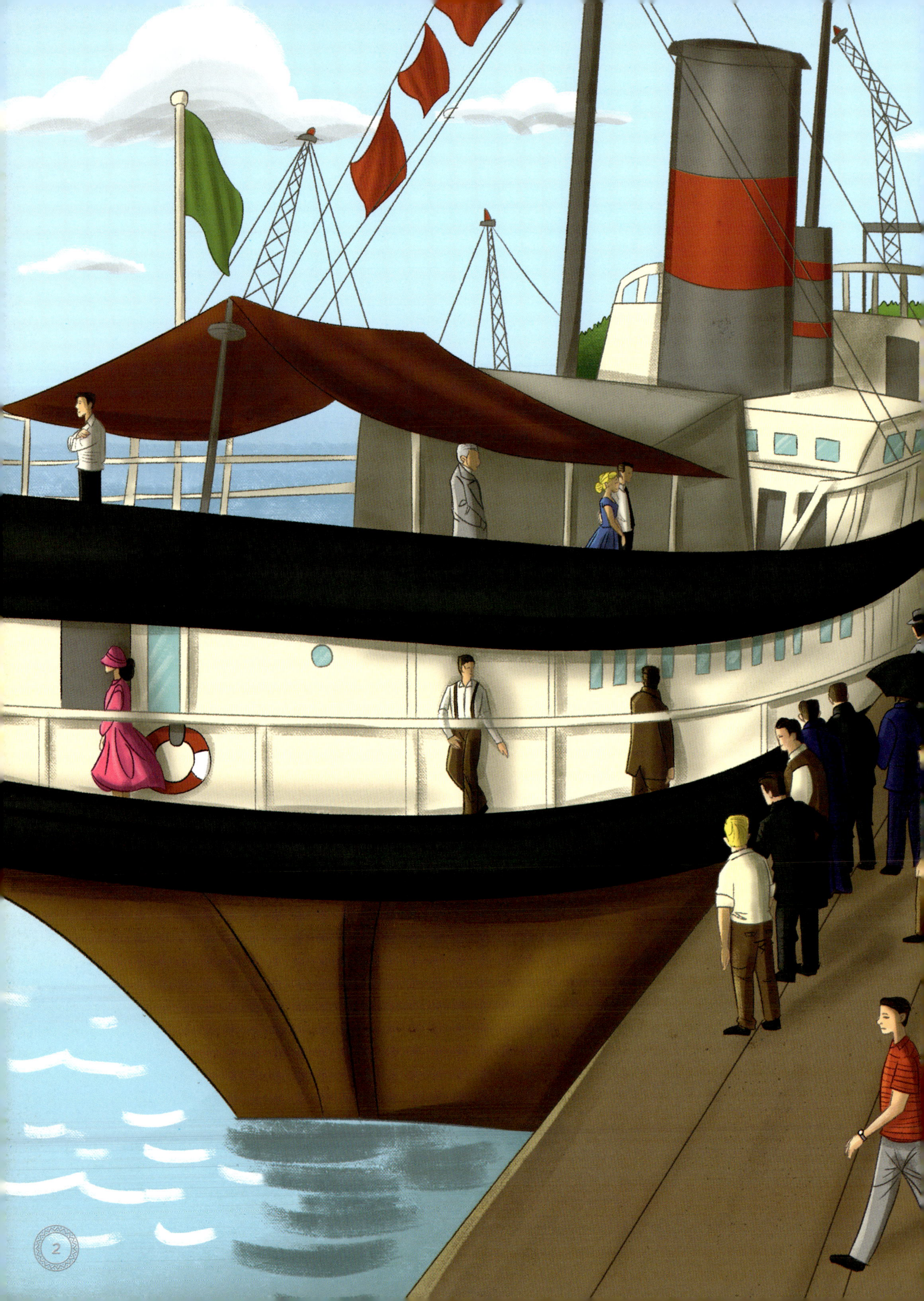

Maria Beatriz Nascimento nasceu em Aracaju, Sergipe, em 12 de julho de 1942. Sua mãe, Rubina Pereira do Nascimento, era dona de casa. E seu pai, Francisco Xavier do Nascimento, pedreiro. Era a oitava filha entre dez irmãos.

Em 1949, aos 7 anos, Beatriz e sua família migraram para o Rio de Janeiro a bordo de um barco Ita. Com a mudança, seus pais desejavam uma vida menos sofrida para os filhos.

Nesse período, a economia brasileira estava em crescimento. A Região Sudeste passava por um processo de desenvolvimento industrial e contava com o dinheiro da produção do café. Por outro lado, a Região Nordeste, dominada pelos grandes proprietários de terra, sobrevivia da agricultura que sofria com a seca.

Renegados pelo governo, restava aos flagelados da seca "irem pra cidade grande" em busca de oportunidades. Assim, muitos nordestinos migraram para os grandes centros urbanos do sudeste brasileiro, como São Paulo e Rio de Janeiro, em busca de trabalho e melhores condições de vida.

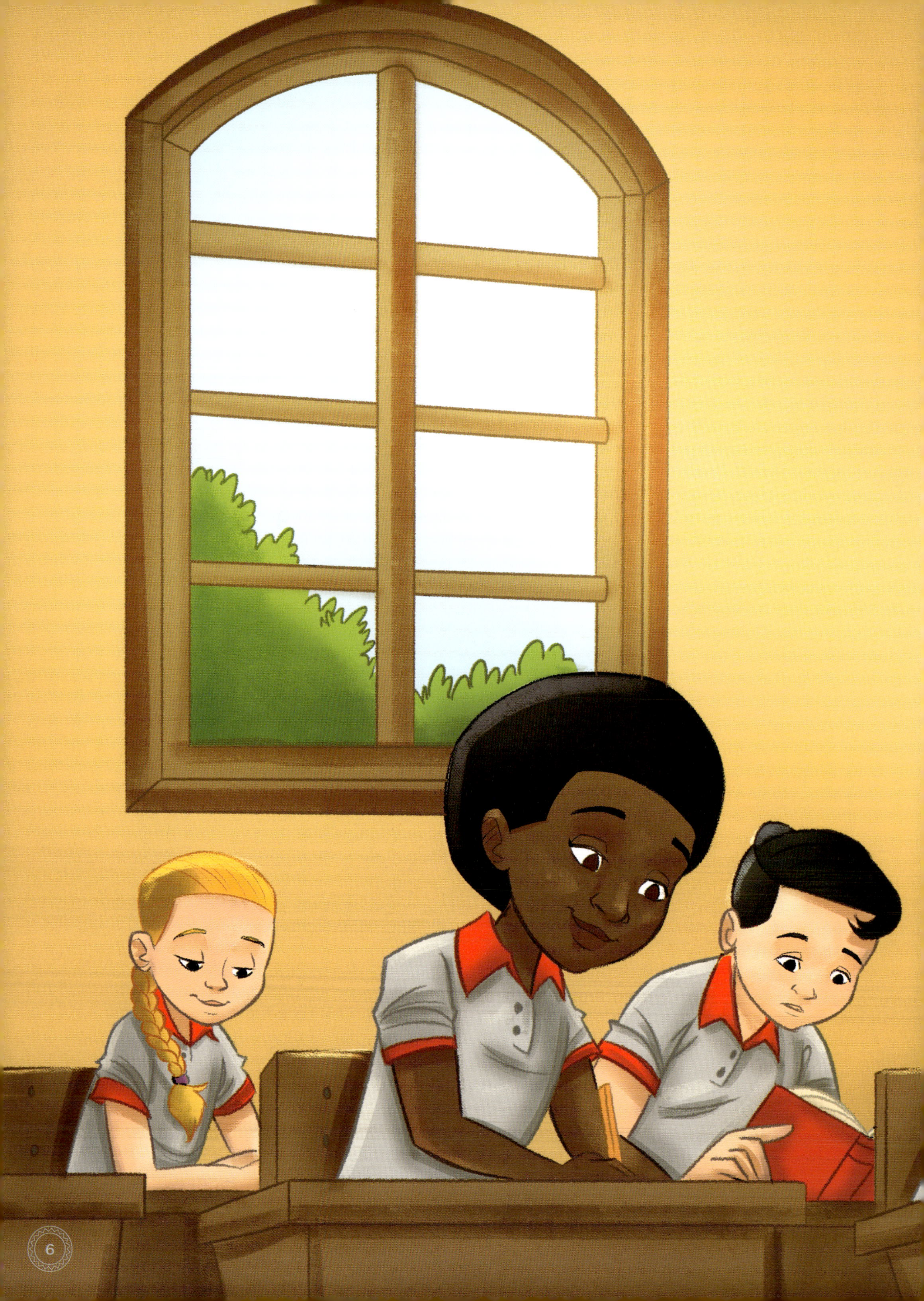

Beatriz estudava em escola pública e enfrentava agressões diárias: na sala de aula não havia colegas de sua cor, ela não se reconhecia nos livros e era constantemente rebaixada e mal interpretada por suas professoras.

Em sua defesa, a menina se isolava, estudava, tirava nota máxima e buscava ser a "mais educada", nem que para isso precisasse reprimir tudo o que sentia.

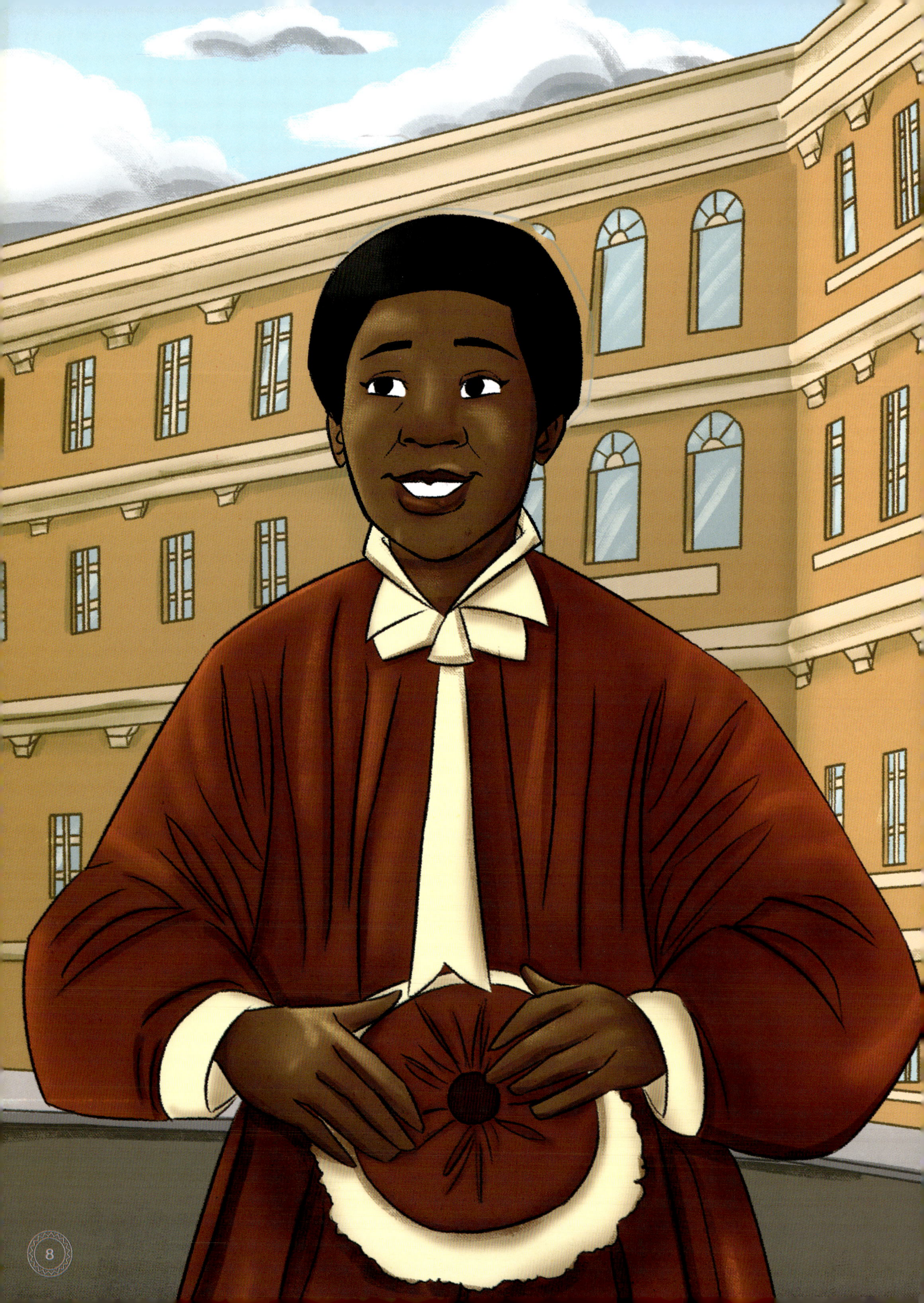

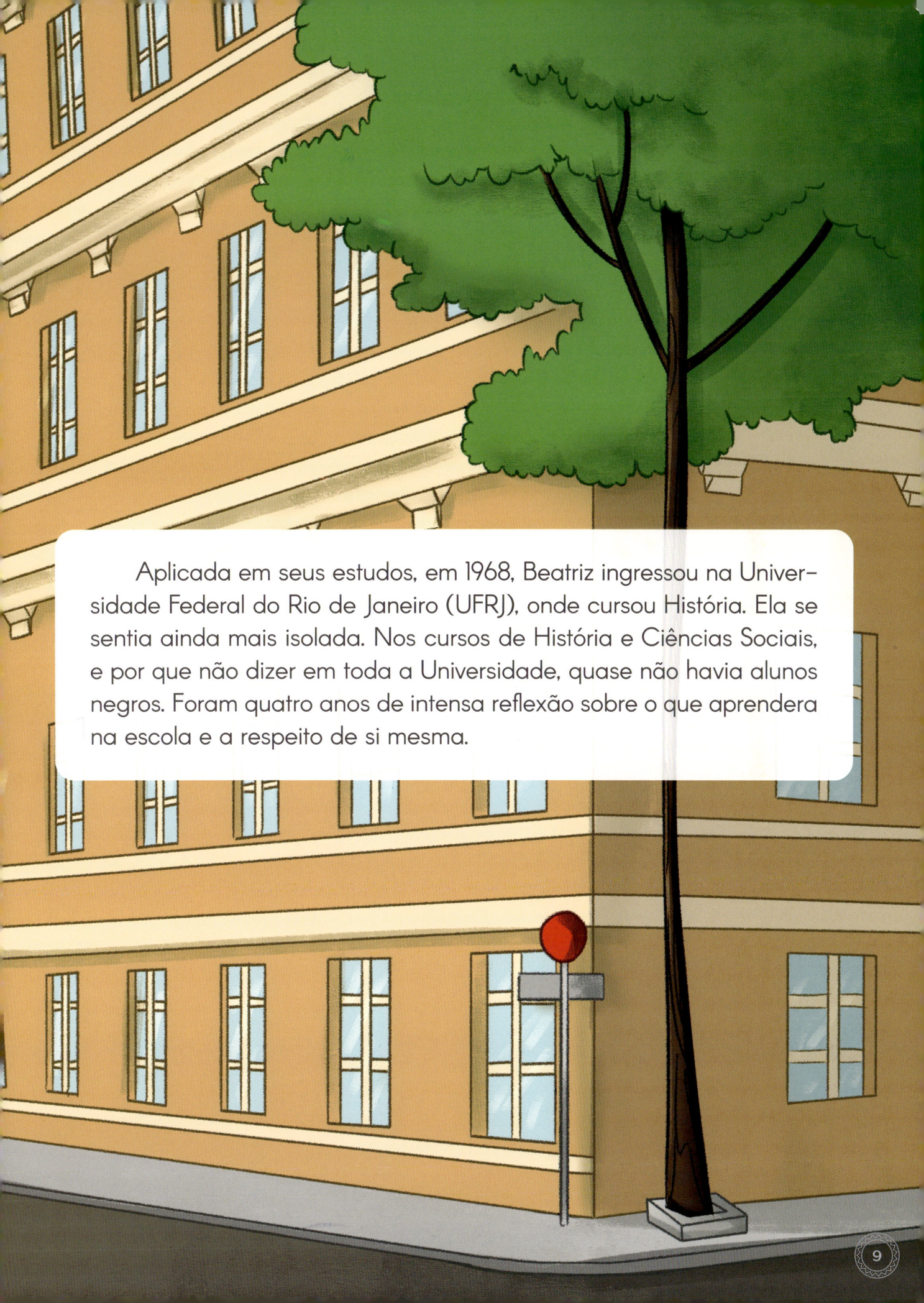

Aplicada em seus estudos, em 1968, Beatriz ingressou na Universidade Federal do Rio de Janeiro (UFRJ), onde cursou História. Ela se sentia ainda mais isolada. Nos cursos de História e Ciências Sociais, e por que não dizer em toda a Universidade, quase não havia alunos negros. Foram quatro anos de intensa reflexão sobre o que aprendera na escola e a respeito de si mesma.

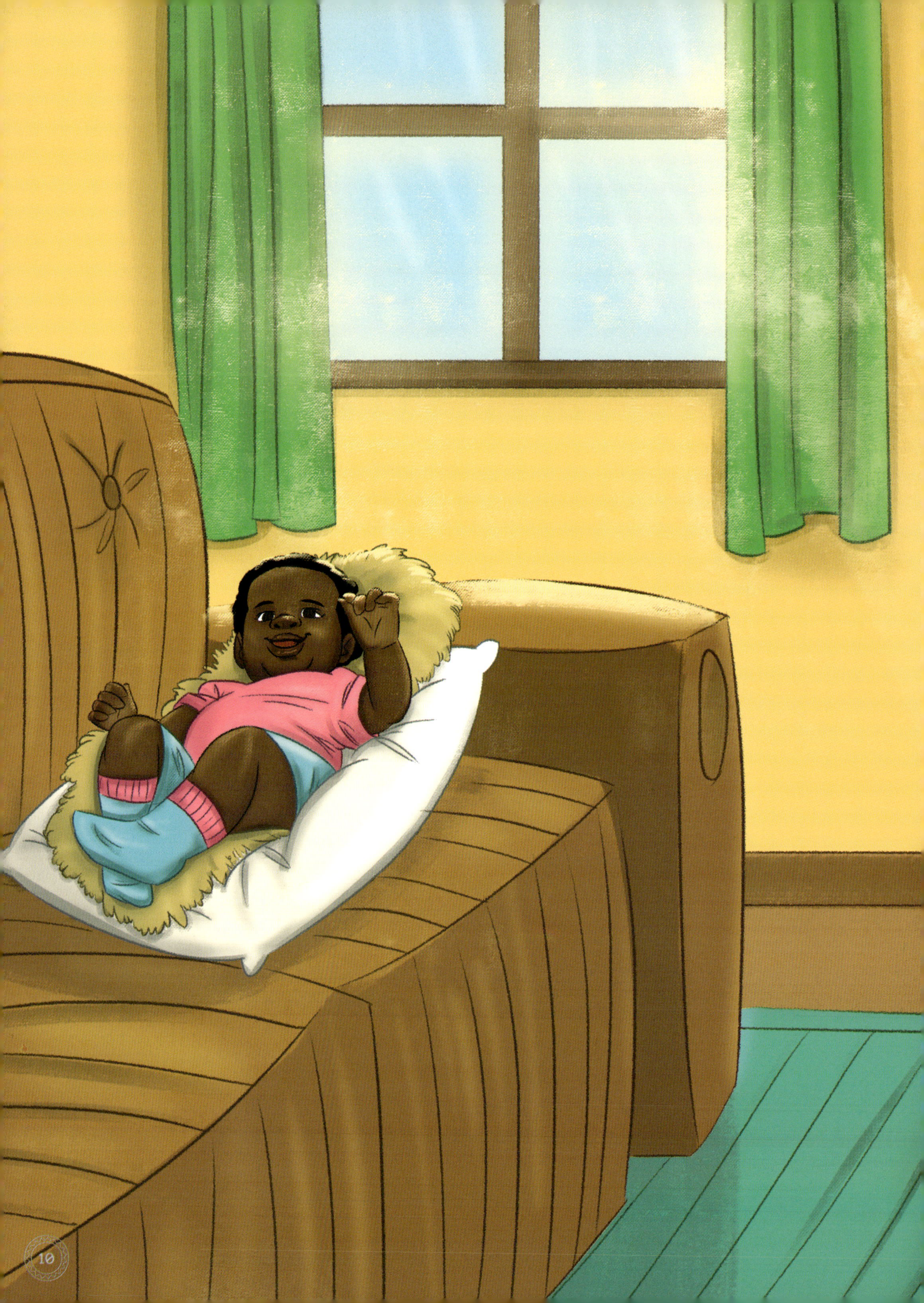

Dois anos depois, em 1970, fruto do casamento com o arquiteto e artista plástico cabo-verdiano José do Rosário Freitas Gomes, nasceu Bethânia Nascimento Freitas Gomes. À sua filha, Beatriz dedicou alguns dos seus mais lindos versos:

"Betha, alfa do meu existir
Matéria acumulada em meu útero
Que ainda agora se faz sentir
Em estado de doçura exalto
A beleza do teu amor [...]"

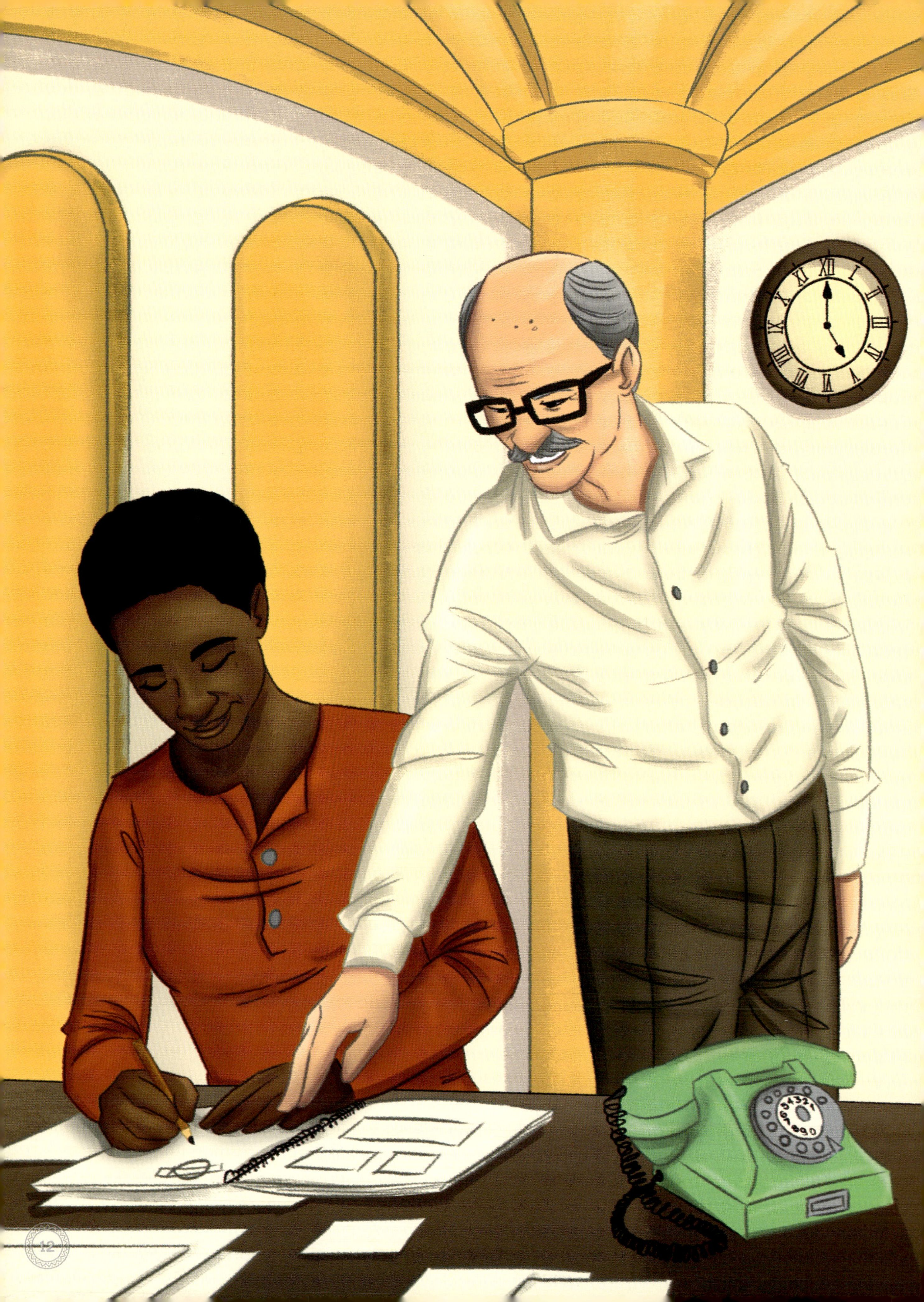

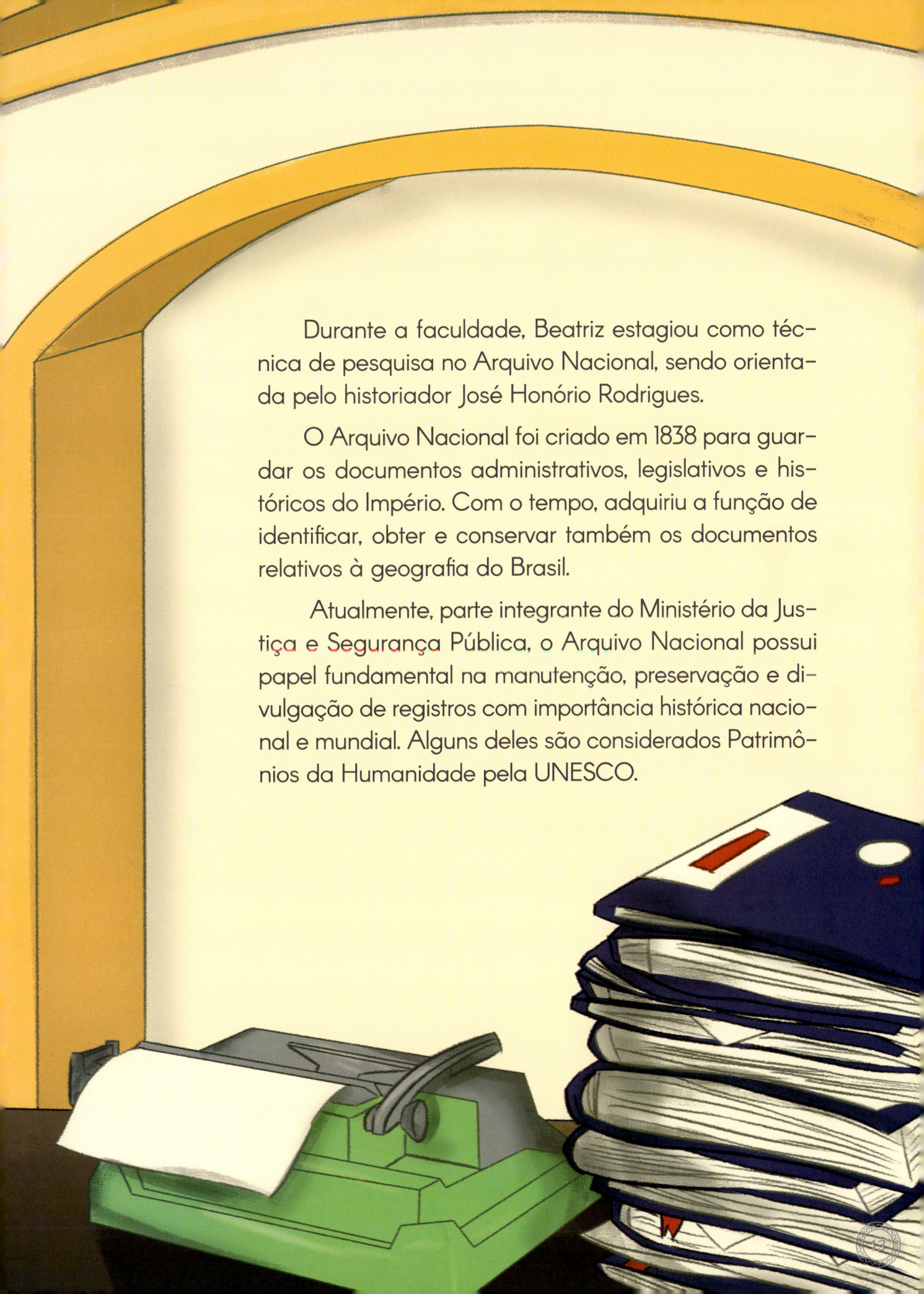

Durante a faculdade, Beatriz estagiou como técnica de pesquisa no Arquivo Nacional, sendo orientada pelo historiador José Honório Rodrigues.

O Arquivo Nacional foi criado em 1838 para guardar os documentos administrativos, legislativos e históricos do Império. Com o tempo, adquiriu a função de identificar, obter e conservar também os documentos relativos à geografia do Brasil.

Atualmente, parte integrante do Ministério da Justiça e Segurança Pública, o Arquivo Nacional possui papel fundamental na manutenção, preservação e divulgação de registros com importância histórica nacional e mundial. Alguns deles são considerados Patrimônios da Humanidade pela UNESCO.

Aos 30 anos, Beatriz havia tomado a difícil e corajosa decisão de continuar na carreira acadêmica como pesquisadora, concluindo sua pós-graduação na Universidade Federal Fluminense (UFF). Para uma mulher negra, tornar-se intelectual e mostrar o que pensava era ainda mais desafiador.

Em sua fala Beatriz propunha que a "História do Homem Negro" fosse escrita por pessoas negras, repensando a história e o que se convencionou denominar cultura negra. Para a historiadora, nenhum brasileiro conhece sua história, pois não se tem uma visão correta do passado.

"Quando cheguei na Universidade, a coisa que mais me chocava era o eterno estudo sobre o escravo, como se nós só tivéssemos existido dentro na nação como mão de obra escrava, como mão de obra para a fazenda e para a mineração."

Intensa nas palavras e pensamentos, "Bia", como a família a tratava, enfrentava as determinações do AI-5. Esse ato da Ditadura Militar aumentava a repressão e o autoritarismo, permitindo ao presidente fechar o Congresso Nacional, as Assembleias Legislativas e as Câmaras de Vereadores; intervir nos estados e municípios, suspender os direitos políticos, apreender bens dos cidadãos, entre outras medidas. Com a intensificação dos protestos, o governo proibiu a realização de manifestações e reprimia os movimentos de estudantes.

Beatriz desafiava o regime participando de grupos de ativistas negros. Além de frequentar as reuniões do grupo de jovens do Centro de Estudos Afro-Asiáticos (CEAA), participou do Instituto de Pesquisas da Cultura Negra (IPCN) e do Grupo de Trabalho André Rebouças (GTAR).

O GTAR era composto por alunos da UFF. Entre outros, Marlene de Oliveira Cunha, Rosa Nascimento e Sebastião Soares. O grupo de estudos contava com a mentoria intelectual de Beatriz Nascimento e o apoio da professora Maria Maia de Oliveira Berriel e do sociólogo Eduardo de Oliveira e Oliveira. Em maio de 1975, o GTAR organizou a "Primeira Semana de Estudos sobre a Contribuição do Negro na Formação Social Brasleira".

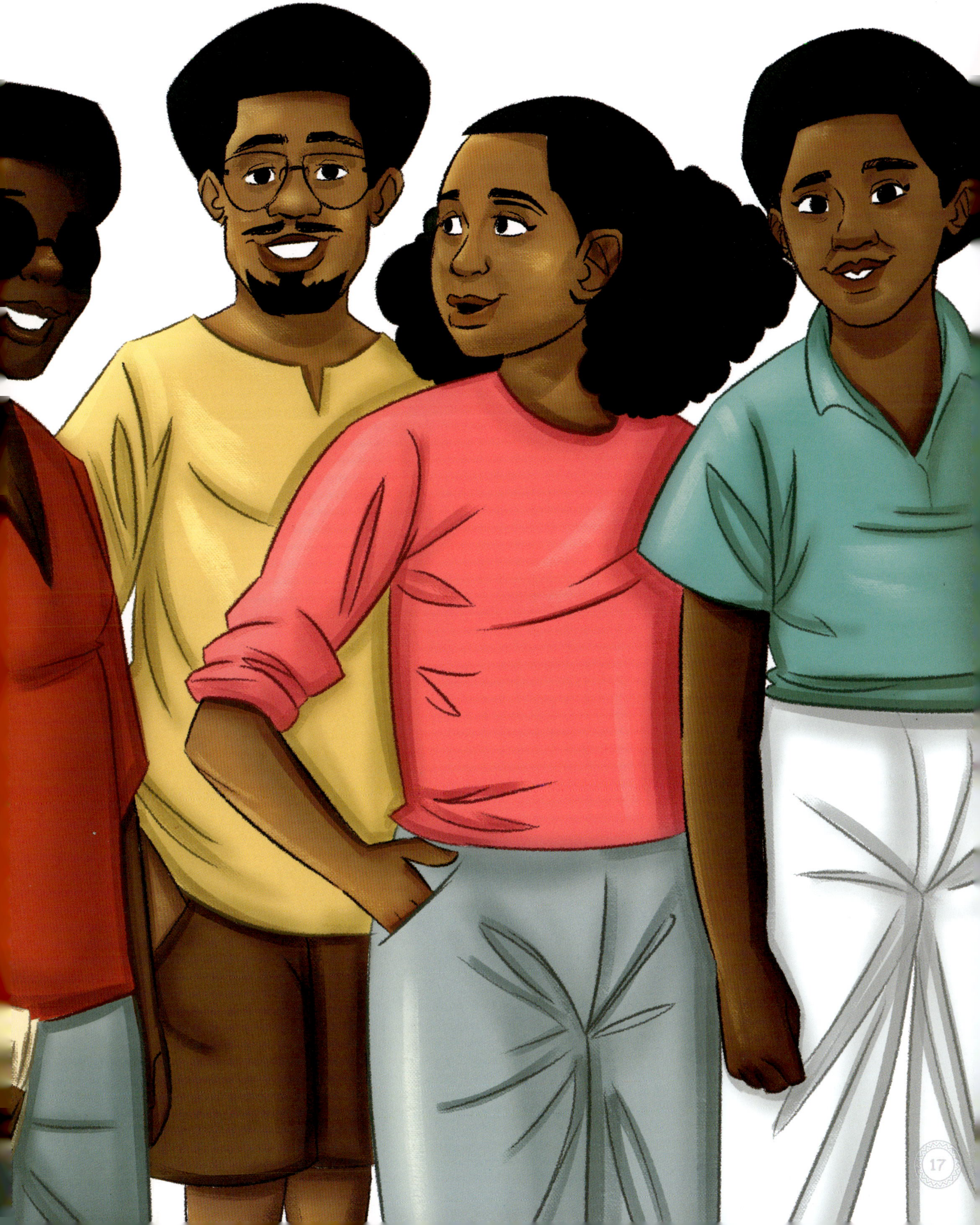

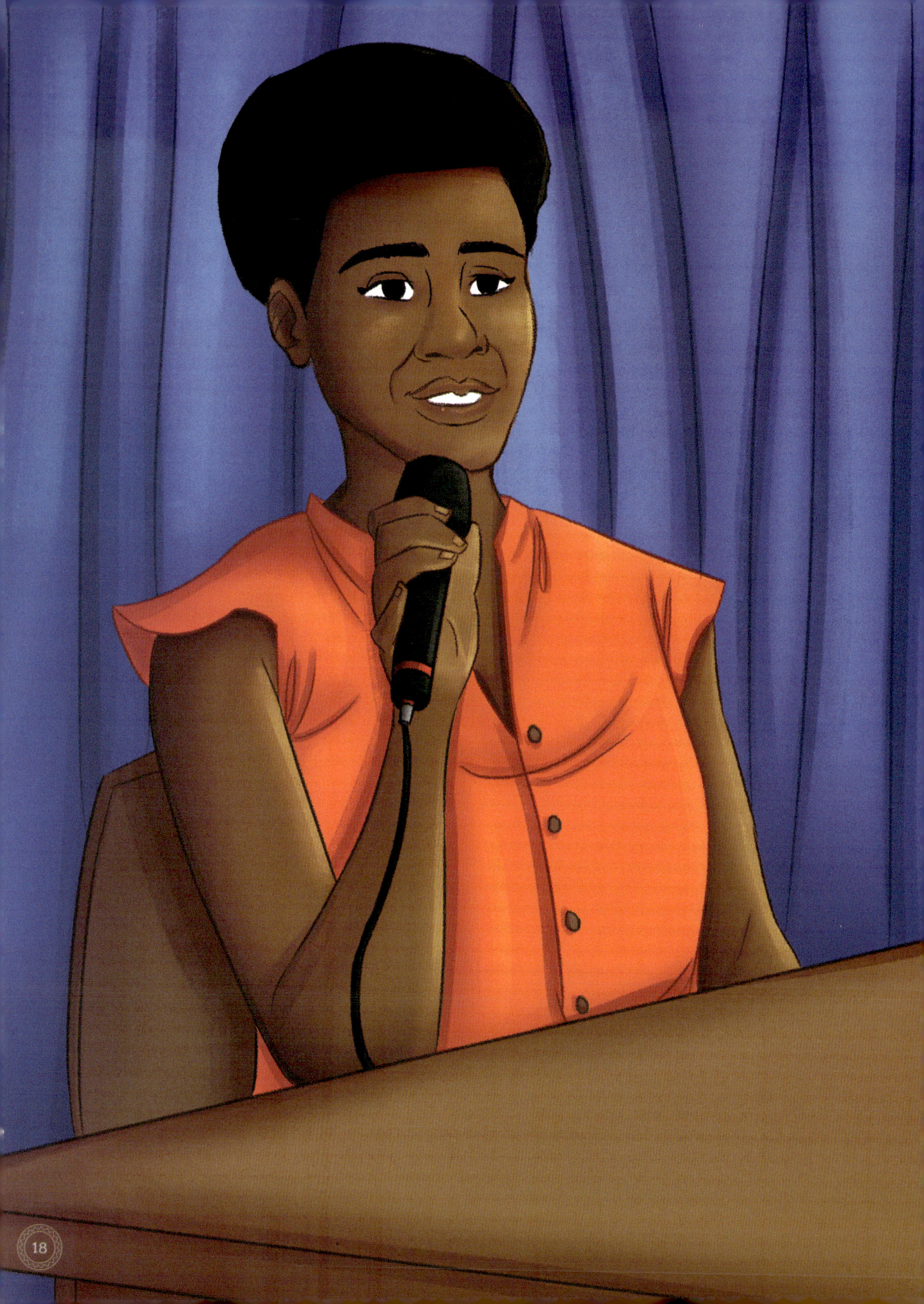

Os primeiros ensaios de Beatriz foram publicados em 1974 na "Revista de Cultura Vozes". Em 1976, seu artigo "A mulher negra no mercado de trabalho" foi veiculado pelo jornal "Última Hora", e sua crítica ao filme "Xica da Silva", de Cacá Diegues, pelo jornal "Opinião".

Não demorou para que suas entrevistas e artigos estivessem em periódicos de alcance nacional e Beatriz tivesse a autoridade reconhecida por seus pares. Ainda assim, ela sofria com a invisibilidade do seu trabalho no meio acadêmico.

Precursora de discussões que hoje são muito difundidas e tratadas pelo ativismo, a professora desejava ter seus textos visitados e citados por outros pesquisadores para que seus pensamentos reverberassem além das ruas cariocas.

Em outubro de 1977, Beatriz foi conferencista na "Quinzena do Negro" na Universidade de São Paulo (USP), organizada por Eduardo de Oliveira e Oliveira, apresentando suas ideias sobre os quilombos, o racismo e a diáspora africana.

Estudiosa dos quilombos e de Zumbi, Beatriz trouxe Palmares como uma correção da identidade brasileira, uma vez que lá já existiam homens negros vivendo em liberdade. Mais do que pensar sobre a resistência do quilombo, ela observava a "paz quilombola", a organização social do quilombo, e como isso se refletia no contexto das favelas.

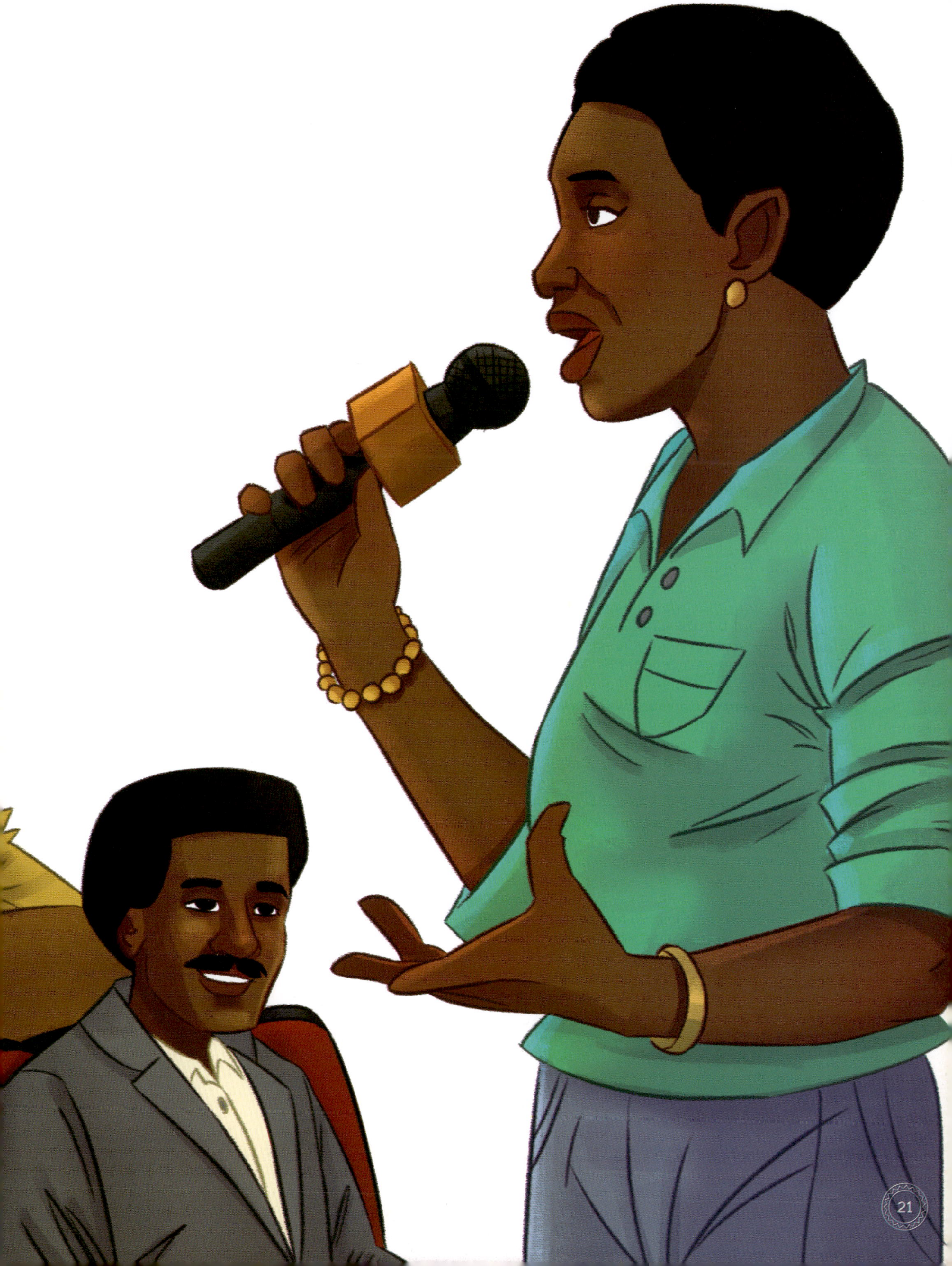

Militante ativa de grandes núcleos do Movimento Negro, em especial no universo acadêmico, Beatriz participou também do Movimento Negro Unificado (MNU). Em plena Ditadura, os jovens negros conviviam diariamente com casos de discriminação e violência. Em 1978, fundaram o MNU e pediram o fim da violência policial, do racismo nos meios de comunicação e no mercado de trabalho e do regime militar.

Entidade fundamental para a garantia dos direitos da população negra, o MNU contribuiu para a formulação da Constituição de 1988 e de leis que propõem, por exemplo, a demarcação de terras quilombolas, o ensino da história afro-brasileira nas escolas e o aumento de pessoas negras na universidade.

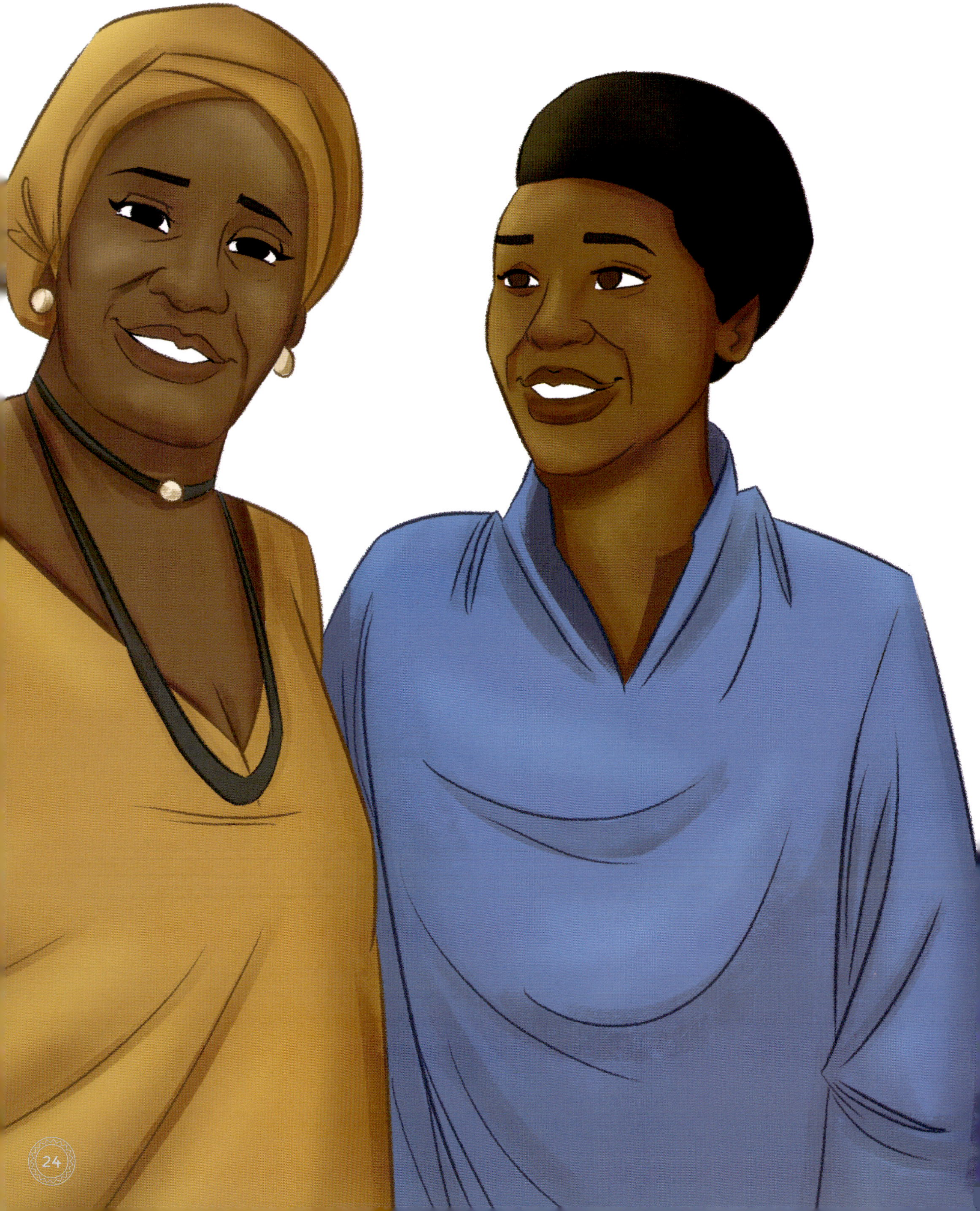

Beatriz tinha uma personalidade inquietante e obstinada. Recusava-se a ocupar o lugar social determinado para as mulheres negras num Brasil racista e sexista. No mesmo ano, 1979, iniciou o mestrado em História na UFF e a especialização em História do Brasil na UFRJ. Ela viajou a Angola para conhecer territórios de antigos quilombos africanos e ao Senegal para o Festival Pan-Africano de Arte e Cultura.

Beatriz Nascimento, Lélia Gonzalez e outras mulheres negras conquistaram seu espaço na vida universitária como pesquisadoras e intelectuais ativistas. A obra de Lélia e a de Beatriz, por exemplo, se complementam quando propõem conceitos importantes para se compreender a cultura brasileira e buscam constituir novas narrativas para a mulher negra na sociedade.

Beatriz tornou-se professora de História da rede estadual de ensino do Rio de Janeiro. E, com o fim do governo militar, em 1985, sua produção intelectual ganhou força. No ano seguinte, recebeu do Conselho Nacional da Mulher Brasileira o título de "Mulher do Ano". Em seguida, lançou o livro "Negro e a Cultura no Brasil", em coautoria com José Jorge Siqueira e Helena Theodoro.

Em 1989, participou como pesquisadora, autora dos textos e narradora do filme "Ori", da socióloga e cineasta Raquel Gerber. O documentário registra os movimentos negros brasileiros entre 1977 e 1988. Trata-se de uma narrativa poética sobre a presença negra no Brasil, a militância e o próprio quilombo.

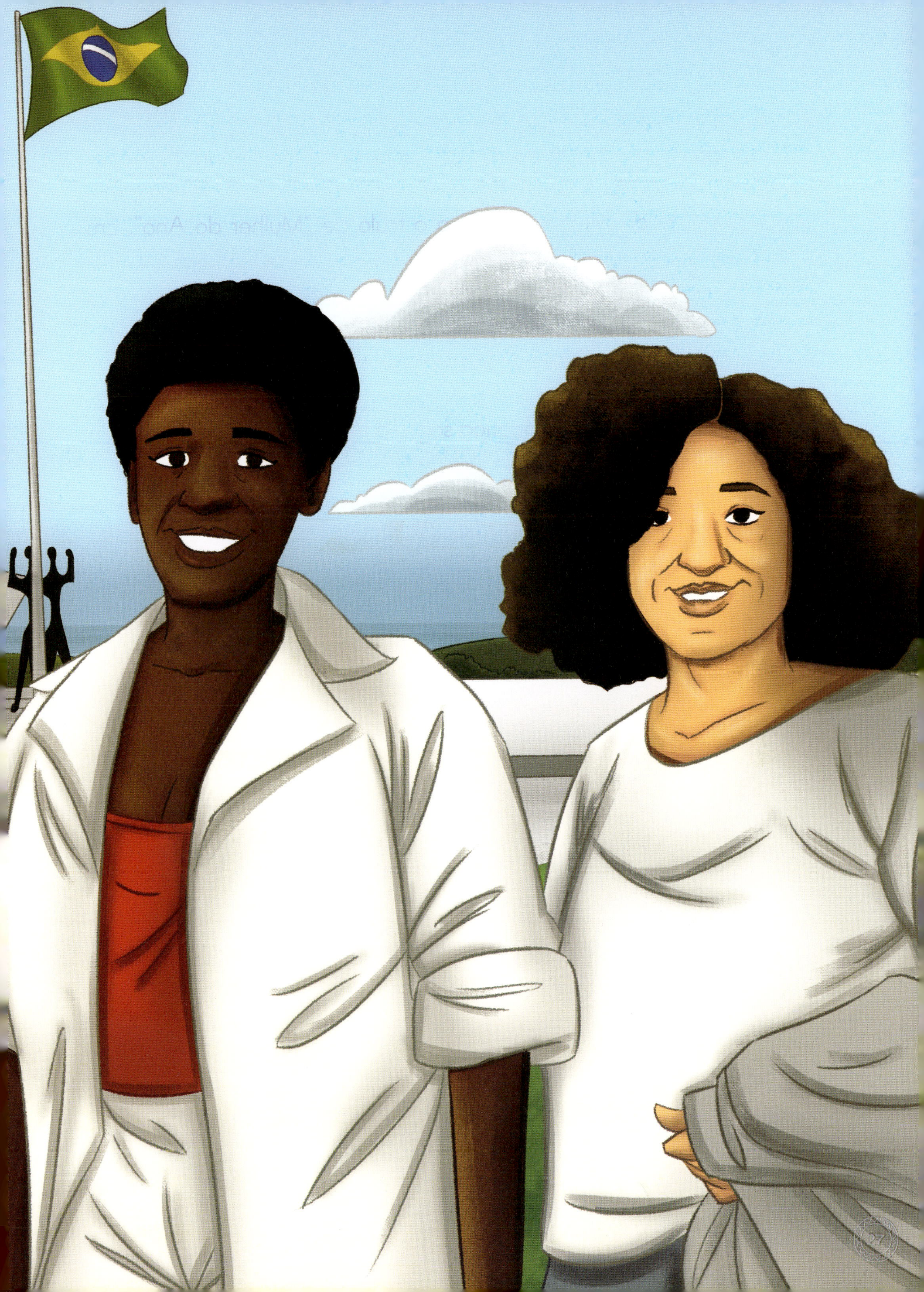

Beatriz casou-se uma segunda vez com o músico Roberto Rosemberg. Entretanto, na vida pessoal, suas batalhas não eram menos intensas ou sofridas. Passou por um longo período de transtornos psíquicos que podem ter prejudicado o andamento de seus trabalhos.

Ela cursava mestrado na UFRJ, com orientação de Muniz Sodré, quando faleceu no Rio de Janeiro, em 28 de janeiro de 1995. Bia foi assassinada a tiros pelo companheiro de uma amiga que sofria violência doméstica. A professora a teria aconselhado a abandoná-lo.

"Tentou como intelectual (professora de História, conferencista, escritora) compreender e superar o trágico oriundo da dúvida simbólica do ser negra."

Muniz Sodré

Inconformados com o falecimento dessa mulher que tanto inspirou e conscientizou outros militantes, muitos amigos lhe prestaram homenagens. Uma delas foi de Conceição Evaristo, com o poema "A noite não adormece nos olhos das mulheres".

Por iniciativa de Isabel Nascimento, sua irmã, e de Bethânia Gomes, sua filha, seu acervo e seus arquivos foram doados, em 1999, ao Arquivo Nacional, e estão abertos a pesquisadores do mundo todo.

A União dos Coletivos Pan-Africanistas e o antropólogo brasileiro Alex Ratts se dedicam à divulgação da vida e obra de Beatriz com a publicação de coletâneas que incluem a análise e a republicação de seus artigos. No livro "Todas [as] distâncias: poemas, aforismos e ensaios de Beatriz Nascimento", Bethânia Gomes e Alex Ratts presenteiam o público com poemas e ensaios inéditos.

Em 28 de outubro de 2021, o Conselho Universitário da UFRJ concedeu por unanimidade e aclamação o título póstumo de "Doutora Honoris Causa" a Maria Beatriz Nascimento — historiadora, pesquisadora, roteirista, poeta e ativista pelos direitos humanos. Uma intelectual à frente de seu tempo, cuja trajetória, permeada por pensamentos que fortalecem a luta por uma sociedade mais igualitária e antirracista, é relevante não só para a população negra, mas para todos os brasileiros.

Querido leitor,

A editora MOSTARDA é a concretização de um sonho. Fazemos parte da segunda geração de uma família dedicada aos livros. A escolha do nome da editora tem origem no que a semente da mostarda representa: é a menor semente da cadeia dos grãos, mas se transforma na maior de todas as hortaliças. Assim, nossa meta é fazer da editora uma grande e importante difusora do livro, e que nessa trajetória possamos mudar a vida das pessoas. Esse é o nosso ideal.

As primeiras obras da editora MOSTARDA chegam com a coleção BLACK POWER, nome do movimento pelos direitos do povo negro ocorrido nos EUA nas décadas de 1960 e 1970, luta que, infelizmente, ainda é necessária nos dias de hoje em diversos países. Sempre nos sensibilizamos com essa discussão, mas o ponto de partida para a criação da coleção ocorreu quando soubemos que dois de nossos colaboradores já haviam sido vítimas de racismo.

Acreditando no poder dos livros como força transformadora, a coleção BLACK POWER apresenta biografias de personalidades negras que são exemplos para as novas gerações. As histórias mostram que esses grandes intelectuais fizeram e fazem a diferença.

Os autores da coleção, todos ligados às áreas da educação e das letras, pesquisaram os fatos históricos para criar textos inspiradores e de leitura prazerosa. Seguindo o ideal da editora, acreditam que o conhecimento é capaz de desconstruir preconceitos e abrir as portas do pensamento rumo a uma sociedade mais justa.

Pedro Mezette
CEO Founder
Editora Mostarda

EDITORA MOSTARDA
www.editoramostarda.com.br
Instagram: @editoramostarda

© Maria Julia Maltese, 2021

Direção:	Fabiana Therense
	Pedro Mezette
Coordenação:	Andressa Maltese
Produção:	A&A Studio de Criação
Texto:	Fabiano Ormaneze
	Francisco Lima Neto
	Júlio Emílio Braz
	Maria Julia Maltese
	Orlando Nilha
	Rodrigo Luis
Revisão:	Elisandra Pereira
	Marcelo Montoza
	Nilce Bechara
Ilustração:	Eduardo Vetillo
	Henrique S. Pereira
	Kako Rodrigues
	Leonardo Malavazzi
	Lucas Coutinho

Dados Internacionais de Catalogação na Publicação (CIP)
(Câmara Brasileira do Livro, SP, Brasil)

Maltese, Maria Julia
  Beatriz : Beatriz Nascimento / Maria Julia Maltese. -- 1. ed. -- Campinas, SP : Editora Mostarda, 2022.

  ISBN 978-65-88183-21-2

  1. Antirracismo 2. Biografias - Literatura infantojuvenil 3. Mulheres intelectuais - Biografia - Brasil 4. Mulheres negras - Biografia 5. Nascimento, Beatriz, 1942-1995 6. Quilombos - Brasil I. Título.

21-88013   CDD-028.5

Índices para catálogo sistemático:

1. Beatriz Nascimento : Biografia : Literatura infantojuvenil 028.5
2. Beatriz Nascimento : Biografia : Literatura juvenil 028.5

Nota: Os profissionais que trabalharam neste livro pesquisaram e compararam diversas fontes numa tentativa de retratar os fatos como eles aconteceram na vida real. Ainda assim, trata-se de uma versão adaptada para o público infantojuvenil que se atém aos eventos e personagens principais.